Roland Frickenhaus

Weniger geht nicht

Religiöse Lyrik

Manuela Kinzel Verlag

Impressum:

Manuela Kinzel Verlag
06844 Dessau * 73037 Göppingen
Tel. 07165 / 929 399

info@manuela-kinzel-verlag.de
www.manuela-kinzel-verlag.de

1. Auflage 2021

ISBN 978-3-95544-146-3

Inhalt

Geordnete Verhältnisse

Gott, wenn der Verstand,
den DU mir gegeben hast,
den Glauben schonen soll,
damit er für die Dinge reicht,
die ihm nicht zugänglich sind,
dann will ich mich,
zitternd vor Mut,
daran machen,
die Verhältnisse neu zu ordnen.

Die Verkopfung Gottes

Hinter den Gittern meines Verstandes
habe ich DEINE
Bergpredigt weggeschlossen.

Nun kann ich mich in Ruhe um das kümmern,
was ich von Dir
noch nicht
verstanden habe.

Alles anders

Warum machst Du alles anders?
Warum kamst Du als Kind
und warum hast Du Dich
mit einer Dornenkrone auf
dem Kopf kreuzigen lassen?

Warum machst Du alles anders?
Das passt nicht zu den
Erwartungen an Dich.
Damals wie heute.

Warum machst Du eigentlich alles anders?
Warum hast Du mit dem
Zöllner gegessen und
warum die Händler aus dem
Tempel gejagt?

Warum machst Du eigentlich alles anders?
Das passt nicht zu den
Erwartungen an Dich.
Heute wie damals.

Warum machst Du eigentlich alles anders?
Je länger ich darüber
nachdenke,
desto unangenehmer die
Antwort:

Warum Du alles anders machst?
Damit auch wir alles anders
machen!

Als der Himmel die Erde berührte

Als der Himmel die Erde berührte, schlief die Erde.

Kein Raum in der Herberge.

Volkszählung: Der Wirt hat Stress.

Das Hemd ist ihm näher als der Rock, die Zecher ihm
lieber als das komische Paar,
das da an seine Tür klopft.

Die Geburt findet dann trotzdem statt.

Kaum vorzustellen, wenn DICH das abgehalten hätte...

Als der Himmel die Erde berührte,
war die Erde mit sich selbst beschäftigt.

Und damit, das zu tun, was sie immer tut:
Der Obrigkeit gehorchen und
Geschäfte machen.

Als der Himmel die Erde berührte,
berührte das die Erde herzlich wenig.

Nicht, dass sie die Berührung nicht gewollt hätte, nein!
Sie hat sie nur nicht wahrgenommen.

Er kam einfach ungelegen:

- ...nicht generell.
- ...nur heute nicht.
- ...nur hier nicht, in meiner Gast-Stube.

Und beim nächsten Mal??

Wenn der letzte Tropfen meiner Zeit versiegt und wir einander wirklich berühren,
DU, der Himmel,
und ich,
die Erde,

dann werden die Außenstehenden wieder sagen,
dass es ungelegen ist,

während ich DEINE Berührung genieße ...

Auf Augenhöhe mit Gott

Eines Tages begann er,
Dir auszuweichen, Gott.
Schlug Haken
und war plötzlich verschwunden.

Du bist ihm nicht nachgegangen.

Als er müde und leer seine Tränen in den Wind schrie,
sah er Dich plötzlich vor sich.

Staunend genoss seine wunde Seele,
dass Du kein Hinterhergeher bist.

Ja, Du gehst nicht hinterher,
Du kommst entgegen.

Das lässt die Würde.

Denn schließlich willst Du ja auch nicht,
dass wir uns
nur
aus Mitleid
wegen Golgatha
für Dich
entscheiden.

Auf der Flucht

Sie weiß,
dass sie vor sich davonläuft.
Sie weiß,
dass sie oberflächliche Zerstreuung sucht.
Sie weiß es einfach.

Sie weiß auch,
dass sie ihr Leben bald ausgetrunken haben wird.
Sie weiß es.

Sie weiß auch,
dass sie nicht ausweichen kann.

Ich weiß,
dass sie weiß,
dass ich es auch weiß.

Sie wird vermutlich eher bei DIR ankommen.
Zum Glück wirst DU dafür sorgen,
dass sie dann auch bei sich ankommt.

Dann kann es tatsächlich so werden,
wie sie befürchtet:

unangenehm.

Aus lauter Furcht

Aus lauter Furcht: Volkszählung
Aus lauter Furcht
er könne weniger Steuern bekommen,
als ihm laut Einwohnerregister zustehen.

Aus lauter Furcht: Der Weg nach Bethlehem
Aus lauter Furcht,
es könnte Konsequenzen haben,
wenn sie, trotz Schwangerschaft,
nicht an der Volkszählung teilnähmen.

Aus lauter Furcht: Sterndeuter
Aus lauter Furcht,
dass ein König geboren sein könnte,
der die Macht ihres Königs in Frage stellt.

Alle sind in Bewegung.
Aus Furcht.

Während man ihre Bewegung sieht
und die Furcht ahnt,
gibt es Einen,
der die Bewegung ahnt
und die Furcht sieht...

Beweise

DU
suchst
Beweise
dafür,
dass
meinen
Gebeten
zu
trauen
ist,
damit
DU
DICH
endlich
mir
öffnen
und
DU
Tropfen
DEINER
Heiligkeit
in
meinen
Alltag
regnen
lassen
kannst,
die
niemand
sieht
außer
wir
beide.

Berechnungen

Dem Stern folgen.

Nicht berechnen,
wohin er führt.

Sondern
den Weg berechnen,
den sie gehen müssen,
damit sich die Wege kreuzen

Das ist es:
Den Verstand nicht nutzen,
Dich zu berechnen.

Sondern damit sich unsere Wege kreuzen.

Gott

Bibelkreis

Neulich haben sie sich wieder gestritten.
Wenn es um DEIN Wort geht,
dann verstehen sie keinen Spaß.

Was wichtiger sei, Bethlehem, Golgatha oder Pfingsten,
beschäftigte sie.

Jeder trug seine Argumente vor.

Sie diskutierten eisern und fuhren auf,
was sie hatten.

Es ging nicht darum, einander zuzuhören,
sondern einander zu überzeugen.

Pfingsten watscht Golgatha ab
Und hat auch gleich noch ein paar nette für Worte für
Betlehem übrig.

Als sie sich endlich leergeredet hatten,
bescheinigten sie sich gegenseitig
Halsstarrigkeit und versprachen,
um der Sache willen, diese Diskussion unbedingt
fortsetzen zu wollen.

Sie einigten sich auf
den nächsten Bibelgesprächskreis
als den geeigneten Rahmen dafür.

An Maria

Liebe Maria,
wieso hast Du eigentlich den Engel damals nicht einfach wieder weggeschickt?
Mir jedenfalls fallen immer viele gute Gründe ein, mich zu verweigern, wenn ich merke, dass ich gemeint bin.

Wieso hast Du Dich nicht gewehrt, als er ausgerechnet von Dir etwas wollte?
Und, überhaupt, woran hast Du ihn eigentlich erkannt?

Mir scheint, dass es Dich gar nicht so aus dem Gleichgewicht gebracht hat,
plötzlich einem Engel gegenüber zu stehen.
Als er anfing zu sprechen, wusstet Du da gleich schon, wer Dir gegenübersteht?

Manchmal, Maria, wünsche ich mir etwas von Deinem Gemüt,
das mit Wirklichkeiten rechnet, die mir mein Kopf versperrt.

Ich bin gepolt, das verstehen zu wollen,
was ich noch nicht verstanden habe,
damit ich das nicht tun muss,
was ich bereits verstanden habe.

Ich muss jetzt Schluss machen, Maria.
Wir haben gleich Krippenspielprobe.

Da bin ich der Josef.

Darum im Stall

Wir sagen,
wenn jeder an sich denke,
sei an alle gedacht.

Du sagst,
wenn unser Denken bei dem Schwächsten beginne
und den in den Mittelpunkt stelle,
bei dem es sich am wenigsten lohne,
dann sei an alle gedacht.

Darum kein Einzelzimmer mit Chefarztvisite.

Darum im Stall.

Das lockige Haar

Am liebsten habe ich Dich,
Gott,
wenn Du klein und
mit Deinem
lockigen Haar
im pieksenden Stroh liegst.
Und blöde von
Ochs, Esel und Rind
angeglotzt wirst.

Dann ist alles so niedlich.
Dann kannst Du mir nicht gefährlich werden.

Ich weiß schon, warum ich Weihnachten lieber
mag
als
Karfreitag.

Das Sonntagslicht

Das Licht scheint in der Finsternis.

Es blieb DIR nichts anderes übrig,
als das Licht senkrecht fallen zu lassen.

Das gibt den kleinsten Schatten
und leuchtet alles gleich hell aus.

Damit wir hier unten unsere Wege finden,
hast DU dort oben ein Licht entzündet.

Wir sehen jetzt mehr, als uns lieb ist.

Und dann, wenn wir zu Gottesdienst und Gebet zusammenkommen,
dann, wenn wir so richtig eng, wie sonst die Tage von Montag bis Samstag nie wieder,
beieinander sind,
dann schauen wir gemeinsam nach oben,
bis wir uns trunken von Deinem Licht die Augen reiben
und, einander eine schöne Woche wünschend, wieder auseinander gehen.

Ist es vermessen,
anzunehmen,
dass DU DIR das anders gedacht haben könntest,
DU Licht der Welt?

Das Volk, das da wandelt im Dunkeln I

Das Volk, das da wandelt im Dunkeln,
das sieht ein helles Licht.

Denn erst im Dunkeln fängt das Auge an zu sehen.

Und dunkel ist es.

Nicht nur um uns, auch in uns.

Zu viel liegt verborgen,
ist ungewiss,
nicht klar.
Einfach dunkel.

Wie gesagt, nicht die Große Dunkelheit,
sondern die, die uns nachts nicht schlafen lässt,
die, die wir
wegtrinken,
wegarbeiten,
wegfernsehen
oder sonst wie einzusperren und zu zähmen suchen.

Wir machen das so perfekt,
dass es uns mitunter gar nicht mehr dunkel ist.

Wir machen uns selbst Licht,
fangen an,
an uns zu glauben und brauchen eigentlich Weihnachten
gar nicht mehr.

Zumindest nicht mehr so,
wie es gemeint war.

Da ist dann tatsächlich plötzlich Platz für eine Weihnachtsgans,
Lametta und den taxierenden Blick auf die Geschenke.

Wem das reicht, wem der Schwibbogen,
der Herrnhuter Stern und das Räuchermännchen im Fenster reicht,
wem das schon Licht genug ist, der möge damit feiern.

Allen anderen sei gesagt,
dass die, die im Dunkeln wandeln,
ein helles Licht sehen werden.

Denn erst im Dunkeln fängt das Auge an zu sehen.

Das Volk, das da wandelt im Dunkeln II

Da sitze ich und überlege,
warum das Licht,
das dem Volk scheint,
ein großes Licht ist.

Groß statt hell.

Es wäre mir lieber,
Gott,
wenn da in meiner Bibel von hellem Licht die Rede wäre.

Es liegt DIR wohl mehr daran,
Gott,
uns nicht zu blenden,
sondern uns „nur“ zu leuchten.

Das spricht für DICH,
Gott.

Dennoch haben sie Angst

Das Grab ist leer
und dennoch haben sie Angst.

Es ist besser, Du bist tot.
Da weiß man wenigstens,
wo DU bist.

DU hast ihnen ihre Pilgerstätte genommen.
Kein Ort, an dem sie den vergangenen Zeiten
nachtrauern können.

DU bist plötzlich einfach weg.

Und deshalb brauchen wir
DEINEN Heiligen Geist,
damit wir das hier unten ohne DICH aushalten,

Jesus.

Der Anrufbeantworter

Hier ist der automatische Anrufbeantworter von Jesus.

Zur Zeit bin ich leider nicht zu Hause.
Der Himmel ist über die Feiertage nicht besetzt.
Ab 01.01. bin ich dann wieder unter dieser Nummer zu erreichen.

Es ist allerdings auch möglich, dass wir einander begegnen.
Die Chancen dafür stehen nicht schlecht,
wenn Sie sich bemühen,
mich dort zu finden,
wo Sie mich nicht suchen.
Um Ihnen das zu erleichtern,
werde ich als Erkennungszeichen
eine Dornenkrone tragen

Der verlorene Sohn

Gott, es geht mir beschissen, sogar
drumrumreden scheidet diesmal aus.
Dabei ist es nicht unbedingt der Kopf,
sondern vielmehr das gelebte Leben,
das es mir schwer machen will,
zu glauben,
dass auch das für Dich bedeutend ist.

Ich werfe mir schon
das ein oder andere Versäumnis in meinem Leben vor,
wünschte, dass nicht alles geschehen wäre, was geschah.
Und ertappe mich dabei,
zu glauben,
dass ich das nicht glauben kann,
dass auch das,
was für mich so fundamental,
für DICH eine Kleinigkeit ist.

Manchmal will ich mir
nicht so schnell vergeben,
wie DU das tust.

Die Furcht der Hirten

Da stehen sie in der sternenklaren Nacht und
dürfen sich nicht fürchten.

Nicht vor dem Stern und nicht vor den Engeln.
Sie haben wohl kaum damit gerechnet,
dass ihnen Engel erscheinen würden in dieser Nacht, die
bis zu diesem Augenblick eine
Allerweltsnacht war,

Und es wäre uns wahrscheinlich nicht anders gegangen
damals.

Ich sitze da und überlege,
wie das mit dem Fürchten so ist.

Hätten sie sich nicht gefürchtet,
wenn sie Engel erwartet hätten,
sozusagen vorbereitet gewesen wären?

Ist Gott zu fürchten und
fürchtet man sich in jedem Fall vor ihm?

Oder fürchtet man sich immer dann,
wenn Gott sich zu erkennen gibt,
wenn er einen plötzlich anspricht?

Ist es der Schreck,
weil da plötzlich jemand ist,
oder ist es der Schreck,
dass ER es plötzlich ist?

WENN Furcht nicht in der Liebe und
Gott die Liebe ist,
dann fürchten wir uns wohl
immer dann,
wenn wir nicht in Gott sind.

Fürchte ich.

Egal, wie ich aussehe

Ich habe die Hoffnung ausgezogen und
sie wie ein nasses Kleid
auf der Leine des Glaubens
zum Trocknen aufgehängt.

Noch diskutieren sie,
Gott,
ob Hoffnung oder Glaube besser sei
und worin eigentlich der Unterschied zwischen beiden
bestehe.

Ich weiß nur,
Gott,
dass es mir besser geht,
seit ich nicht mehr darauf angewiesen bin,
auf DICH zu hoffen,
sondern DIR glauben kann.

Ich habe die Hoffnung ausgezogen und
sie wie ein nasses Kleid
auf der Leine des Glaubens
zum Trocknen aufgehängt.

Ich werde das Kleid wohl nicht mehr tragen.

Egal, wie ich aussehe.

Euch ist heute der Heiland geboren

Eine stattliche Anzahl schlechter Schulnoten belegt,
dass früher mein Problem das Nichtwissen war.

Heute ist es das Wissen,
das die Probleme schafft.

Wir sind alle Wissende.
Seien es der 11. September
oder Weihnachten.

Alles macht uns zu Wissenden.

Und heute ist der Heiland geboren.

Ich bin gespannt,
was wir aus diesem Wissen machen...

Frage

Welche
Alternativen
hast
DU
DIR
zu
mir
gedacht,

Gott,

wenn
es
mir
nicht
gelingen
sollte,

ich
zu
sein?

Friedenspflicht

Als der Welt der Friede geschenkt wurde,
fühlten sich die Mächtigen in ihrer Ruhe gestört.

Bis dahin stimmte alles: Die Steuereinnahmen stimmten.
Und die Feindbilder auch. Und auch die Kirchenführer
machten, was sie sollten.

Erst als der Welt der Friede geschenkt wurde,
fühlten sich die Mächtigen in ihrer Ruhe gestört.

Kaum auszudenken,
wenn nicht
Ruhe,
sondern
Friede
die erste Bürgerpflicht wäre.

Kaum auszudenken,
wenn es
der Friede
geschafft hätte.

Fürchtet einander

Fürchtet einander,
wenn ihr Euch fürchtet.

Und fürchtet euch,
wenn ihr einander fürchtet.

Baut die Bewegungsmelder ein
und die Wegfahrsperren.

Fürchtet einander,
wenn ihr euch fürchtet.

Sie wird nicht besser werden, die Welt.
Mit eurer Furcht.

Wie soll sie auch besser werden,
wenn ihr euch fürchtet?

Furcht aber
ist
nicht in der Liebe,
sondern
die
völlige Liebe
treibt die Furcht aus

Fürchtet Euch nicht I

Fürchtet Euch nicht.
Denn Furcht ist nicht in der Liebe.

Liebt einander,
das ist gut gegen Furcht.

Nehmt einander wahr.

Gebt dem DU Raum,
das wärmt das ICH.

Und das ist gut so.

Fürchtet Euch nicht.

Das meint:
Liebt Einander.

Nehmt Euch gegenseitig wahr.
Und wichtig.

Das ICH hört auf zu schreien,
wenn es sich gefunden hat.
Und das vollzieht sich im DU.

Fürchtet Euch nicht!

Fürchtet Euch nicht II

Sie waren nicht länger zu halten da oben.

Und bei dem „Fürchtet Euch nicht!“
stockte ihnen selbst der Atem:

„Heute ist der Himmel geborsten!“
wollten sie sagen.

Ab heute wird der Tod an der Liebe abperlen,
wie der Regen am Fell Eurer Schafe.

Fürchtet Euch nicht!
Denn solange Ihr Euch fürchtet,
seid Ihr nicht zu gebrauchen. Nicht für die.

Und nicht für mich.

Fürchtet Euch nicht.

Geschwisterliebe

Gott, dass musst DU doch verstehen,
dass ich mit denen kein Wort mehr wechsle!
Die Verletzungen sitzen zu tief.

Seit fünfundzwanzig Jahren gebe ich ihnen nun schon die Gelegenheit,
sich bei mir zu entschuldigen.
Aber die kommen nicht!

Ich würde in die Hände,
wenn sie sie mir reichen würden,
schon einschlagen.
Aber das ist mal wieder typisch:
DIE machen nicht den ersten Schritt!

Danke übrigens für den tollen Text heute in den „Losungen"!
Die Bergpredigt hat schon was!
Jetzt musst Du nur noch meine Geschwister ändern,
Gott.

Amen.

Gewohnheitssache

Wir haben uns so sehr gewöhnt an
brennende Asylbewerberheime,
und an Kriegsgeschrei,
dass Du uns fremd geworden bist
mit Deiner Botschaft vom Frieden
und von Nächstenliebe.

Fremder als Mark Zuckerberg bist du uns geworden.

Wir sind aus dem Gleichgewicht geraten,
schlingern umher und haben uns
der Angst zugewandt.

Atmen die Sorge ein wie frische Luft.
und haben Dich auf die Sonn- und kirchlichen Feiertage
umgebucht.

Du fehlst uns nicht mehr.

Wie sonst könnten wir uns auch
an brennende Asylbewerberheime
und an Kriegsgeschrei gewöhnen?

Gott, ich will Dich nicht

Gott, ich will DICH nicht,
wenn DU wirklich so sein solltest,
wie es der Verstand sagt.

Gott, ich will DICH nicht,
wenn DU wirklich so sein solltest,
wie es die Kirche mir nahebringt.
Dabei ist es völlig egal, welche Kirche es ist.

Aber, Gott, ich will DICH,
wenn DU wirklich so sein solltest,
wie nichts von dem, was DICH zu fassen versucht.

DU willst mehr sein als die Bilder, die ich von DIR habe.

Und ich hörte DICH schreien,
dort draußen zwischen den beiden anderen Kreuzen.

Mensch, schreist Du,
ich will Dich nicht, wenn ich nur so sein darf,
dass Du mich verstehst.
Das, Mensch, wenigstens das,
musst Du, wenn Du überhaupt etwas von mir verstehen willst,
verstehen.

Gott will raus

Gott will aus der Krippe raus.
Und aus dem Grab.

Er will raus aus dem Sonntag und
raus aus den Kirchen.

Egal wo wir Gott einsperren,
und wenn es der eigene Kopf oder Bauch ist,

ER will raus!

Erst wenn ihm das gelingt,
können wir ihn überhaupt treffen.

Ob uns das passt oder nicht!

Gott will raus...

Gut so

DU bist an ihnen vorbei erschienen,
nicht in die herrschende Klasse hinein geboren,
nicht von Ammen in Palästen gesäugt,
nicht von der Dekadenz der Oberschicht umgeben.
Hast DICH nicht von korrupten Monstern in den Schlaf singen lassen.

Nein, DU bist da erschienen, wo kein Platz für DICH war.
Denn da, und nur da, ist Platz für DICH.

DU hast an ihnen vorbei gelebt,
hast nie mit ihnen paktiert. Hast bei Nutten und Bettlern gesessen,
und die Lebenshungrigen satt gemacht.

Nein, DU hast da gelebt, wo kein Platz für DICH war.
Denn da, und nur da, ist Platz für DICH.

DU bist an ihnen vorbei gestorben,
nicht in dicken Kissen und von Leibärzten umringt,
DU starbst draußen vor den Toren.

DU bist da gestorben, wo kein Platz für DICH war.
Denn da, und nur da, ist Platz für Dich.

Im Michel I

Da liegt sie vor Deiner Tür
Und kann sich nicht mehr bewegen.

Vorsichtig bahren die Sanitäter sie auf,
während die Polizisten fotografieren,
den Autofahrer befragen und
ihre Umrisse für einige Stunden auf dem Asphalt sichtbar
machen.

Später dann bin ich reingegangen und
habe der Mittagsandacht beigewohnt.

Alles war Zufall heute,
zumindest vordergründig.

Aber dann, als Bach meine Augen ölte und
Jesaja mich freundlich grüßte,
da war mir, als säßest Du neben mir.

Es ist gut,
dass sie Dich auch hier kennen,

Gott.

Im Michel II

Eigentlich wollte ich auch was reinschreiben
in das dicke Buch.

Aber dann las ich,
was vor mir geschrieben wurde,
hörte die tiefe Sehnsucht nach Dir aus
ihren Buchstaben schreien und
sah,
wie sie aus den Seiten quoll,
auf den kalten Steinboden tropfte und
sich einen Weg direkt zu Deinem Kreuz bahnte.

Sie wollen die Verantwortung für sich und ihr Tun nicht
übernehmen und klagen Dich an und
tun dabei gerade so,
als hättest Du Dich selber ans Kreuz genagelt.

Nur einer dankt Dir.
Er dankt Dir,
dass du dafür gesorgt hast,
dass er bisher beim Klauen
nicht erwischt wurde.

Bleib hängen.

Sie würden Dich wieder annageln!

Kannst Du nicht wiederkommen, Gott?

Gerade habe ich in den Nachrichten gesehen,
wie Männer Deines auserwählten Volkes Häuser mit
Bulldozern plattwalzen.
Und Kinder töten sie auch.
Sie glauben, dass Gewalt nur mit Gewalt beizukommen
sei.

Die, die sich in die Busse setzen
und sich dann in die Luft sprengen,
glauben das übrigens auch.
Kannst Du nicht wiederkommen, Gott?

Kannst Du nicht wiederkommen, Gott?

Im Bundestag schieben sie sich wieder gegenseitig
die Schuld in die Schuhe,
während draußen schon Springerstiefel getragen
werden.

Kannst du nicht wiederkommen, Gott?

Alle wollen Macht und keiner will Verantwortung.

Sie glauben, was sie sagen.
Sie glauben ihren eigenen Worten.

Kannst Du nicht, trotz Golgatha,
wiederkommen,
Gott?

Karfreitag

Mein
Kreuz
ist
das
Kreuz
mit
Deinem
Kreuz
meinetwegen

Pfingsten

Pfingsten
ist
Gottes
Auftrag
an
uns,
Vokabeln
zu
lernen.

Kindheit – oder: Was sie war (Nach E. Fried)

Sie war verletzend
sagt das Herz.
Sie war was sie war
sagt die Liebe.

Sie war lauter Unglück
sagt die Erinnerung.
Sie war nichts als Schmerz
sagt die Rastlosigkeit.
Sie war Willkür
sagt die Bindungsangst.
Sie war was sie war
sagt die Liebe.

Sie war voller Angst
sagt die Essstörung.
Sie war einsam
sagt die Schwermut.
Sie war unmöglich
sagt der Verstand.
Sie war was sie war
sagt die Liebe.

Klagen einer Mutter jener Zeit

Sie haben meinen Sohn umgebracht.
Nicht nur meinen,
sämtliche neugeborenen Jungen dieser Stadt haben sie getötet!

Alles ging schnell und,
bis auf das Geschrei der Kinder und ihrer Mütter,
nahezu lautlos.

Nein, die waren nicht zu erweichen.

Später erst habe ich erfahren,
dass ich zeitgleich mit dieser Maria entbunden habe.
Und dass es eigentlich um ihren Sohn ging.
Angeblich ist ihrer ein König!

Ach, was sage ich,
sogar der Messias soll er sein, der erste von Maria und Joseph!

Ja, und das hat denen da oben nicht gepasst.

Wie denen immer dann etwas nicht passt,
wenn es ohne ihr Wissen und ihre Genehmigung geschieht,
haben sie einfach alle Knaben umgebracht.

Auch meinen kleinen Jakob.
Natürlich bin ich traurig.
Und dieser Maria könnte ich die Augen auskratzen.
Aber das macht meinen kleinen Jakob auch nicht wieder lebendig.

Wenn die oben so reagiert haben,
dann muss da was dran sein.

Allein deshalb muss man dem Kleinen schon ein langes Leben wünschen.

Wenn Sie verstehen, was ich meine...

Komm und misch uns auf

Seit der Mensch anfing,
sich vor Gott zu verstecken,
ist er auf der Suche nach ihm.

Aus „Adam, wo bist Du?“
ist schon lange ein
„Gott, wo bist Du?“
geworden.

Und wenn Jesaja nicht gewesen wäre,
der ihnen Mut gemacht hat,
wären sie an dieser Frage längst erstickt.

Es wird nicht dunkel bleiben über denen,
die in Angst sind,
über den „Gott-Suchern“
sozusagen.

Seitdem Adam sich vor Gott versteckte
und so das gegenseitige Suchen seinen Lauf nahm,
steht fest: Gott sucht uns.

Als Kind.

Da soll erst jemand heran- und hineinwachsen
und als einfacher Tischlerssohn beginnen,
soll von ihnen erzogen werden
und erst mal ihre Sprache lernen.

Dieses Mal will Gott sozusagen
die Menschheit von innen aufmischen.

Deshalb ein Kind.

Alles Wichtige beginnt klein.

Wenn es nur so geht,
dass wir einander wiederfinden,
dass Mensch und Gott sich finden,
dann komm' als Kind!

Komm und misch' uns auf!

Leben

Weil wir endlich leben
sollten wir endlich leben.

Liebesangst

Gott,
sie haben Dich ans Kreuz genagelt,
weil sie Deine Liebe nicht aushielten.

Sie sind in Hass und Rachsucht groß geworden.

Und haben so oft geweint,
dass sie sich vorgenommen haben,
niemals wieder zu weinen.

Schon gar nicht unter Deinem Kreuz.

Marschgepäck

Du wolltest immer Erster sein.
Frühzeitig erkanntest du,
dass es ohne
Ballast besser geht.

Im Rennen noch
Entledigtest du
dich
unnützer Dinge,

warfst Gefühle,
Hoffnungen und den
einfachen Glauben an den lieben Gott
über Bord.

Und ranntest erleichtert weiter.

Du kamst tatsächlich als Erster an.
Und warst schon zu Lebzeiten
tot.

Mache Dich auf und werde licht

Mache Dich auf und werde licht.

Die Seele blank putzen
und die Sorgen vor die Tür schicken.

Mache Dich auf und werde licht.

Der Hoffnung einen Namen geben
und wie gut, dass wir hier keine bleibende Stadt haben.

Mache Dich auf und werde licht.

Sich klar werden
und klar sein.

Mache Dich auf und werde licht.

Es gibt etwas wichtigeres als Deine Sorgen!

Mache Dich auf und werde licht,
denn Dein Licht kommt
und die Herrlichkeit geht auf über Dir.

Mensch sei Dank

Wenn,
Mensch sei Dank,
plötzlich tatsächlich das Menschliche geschieht,
mauern sie.

Und wollen am liebsten
ohne Golgatha Ostern
feiern.

Nach mehr als zweitausend Jahren schlagen sie DIR
noch immer ins Gesicht.

Und tanzen gebückt ums leere Grab,
wie seinerzeit die Alten ums Goldene Kalb.

Mitte

Das, was Dich trägt,
ist,
zum Glück,
nicht die Mitte,
sondern es
macht Dich
zur Mitte.

Offene Fragen

Immer dann,
wenn ich hartnäckig Antworten suche,
stolpere ich von einer offenen Frage in die nächste,
die ich,
trotz unsäglicher Schmerzen,
offen halten will,
um mich
und dich
überhaupt noch spüren zu können,

Gott.

Nachdenken über Lukas zwei

Das Leben schenkte Dir dreißig Jahre
und das ist viel!
Denn es gab den Herodes,
der Dich schon als Säugling töten wollte.

Sie sagen, dass es wichtig sei,
die Dinge vom Ende her zu betrachten.

Auch für das Leben und die Frage nach Lebenssinn gelte
das.

Dein Leben aber vom Ende her zu betrachten
heißt,

> das Kreuz in den Stall zu holen
> und die Kriegsknechte daneben zu setzen,
> wie sie um die Krippe losen,
>
> die Soldaten mit der Dornenkrone zu holen,
> die sie dem Säugling auf den Kopf gesetzt haben,
>
> ihren Vorgesetzten zu holen, der nichts an Dir
> findet
> und sich deshalb spontan und nachhaltig die
> Hände wäscht.

Und es grenzt schon an ein Wunder,
dass du überhaupt so alt geworden bist.

Feinde hattest Du von Anfang an.

Das spricht für Dich.

Ohne DICH

Das Volk, das im Dunkeln wandelt, das sieht ein großes Licht.

Es ist wirklich so: unser ganzes Volk wandelt im Dunkeln.
Nichts stimmt und nichts passt mehr.

Jeden Abend tropft ein Brei aus
Lüge, Gewalt und Gier aus der Mattscheibe,
verkleistert das Gemüt
und raubt dem Glauben den Verstand.

Die Sehnsucht nach Dir erreicht gewöhnlich
zwischen 20:00 Uhr und 20:15 Uhr ihren Siedepunkt.

Unruhig sucht diese Sehnsucht DICH.

Es ist ohne DICH so unerträglich hier, Gott.

Wann sehen sie endlich, Gott,
dass sie ohne DICH nichts sehen?

Fantasie

Ohne Fantasie
nimmt das Auge
wohl wahr, sieht aber nichts.

Fantasie erst gibt dem, was wir sehen,
die besondere Bedeutung.

Und auch wir,
Du und ich,
können ohne Fantasie
nicht
von Bedeutung füreinander sein.

Rastlos

Wieviel Schmerz
wird sie sich wohl
noch zufügen,
um

nur

den Schmerz nicht
spüren zu müssen,
der seinen Ursprung darin hat,
dass sie

Vergebung

nicht kennt.

Schatten

Und wenn du, Gott,
das Licht der Welt,
gar nicht scheinst,
damit wir DICH sehen,
sondern einander?

Wenn das Licht nicht um seiner selbst willen da ist,
es uns weder blenden noch verblenden,
sondern den Weg zum Du ausleuchten will?

Wenn das so ist,
dann will ich mich so stellen,
dass der Schatten nach hinten fällt.

Schlagt Eure Zähne in Gott **(Für Kristian und Jana zur Hochzeit)**

Schlagt Eure Zähne in Gott!
Verbeißt Euch nicht ineinander
und nicht untereinander.

Meidet die Wadenbeißer
und die Schlaumeier,
die die Bergpredigt schon so oft gelesen haben,
dass es sie langweilt.

Schlagt Eure Zähne in Gott!

Nehmt Hautkontakt mit ihm auf
und bleibt dran.
Werft Anker.
Und meidet die zahnlosen Tiger,
die mit viel Gebrüll durchs Unterholz streifen
und die die Angst zu verbreiten suchen,
die nicht in der Liebe ist,
die wie Rattenfänger daherkommen
und Euch zu sagen suchen,
was Gott wohlgefällig ist und was nicht.

Schlagt Eure Zähne in Gott,
damit Ihr Halt habt
in diesen Zeiten und
unbeschadet bleibt
bis Ihr nicht mehr
zu trennen
und
zu unterscheiden seid.

Schlagt Eure Zähne in Gott!

Sie kennen Dich nicht

sie kennen Dich nicht,
Gott,
Deine Bergpredigt
nicht
und Golgatha auch
nicht.

Sie sind gefangen im
Ich und schlagen ihre Zähne in die
Vergänglichkeit.

Sie kennen Dich nicht
und betäuben ihre Sehnsucht
nach Dir.

Sie hören Deine Tränen nicht
und es ist die eigene Angst,
die sie daran hindert,

Dich kennenzulernen,
Gott.

Sorge (nach Matthäus 6,25-27 und 34)

Sorge ist das Fixiertsein auf Unmöglichkeiten,
ist das halbleere Glas.

Sorge ist das
„Es geht nicht!“,
„Es wird schwierig!“,
„Es hat keinen Sinn!“

Sorge hat die Hoffnung vor die Tür geschickt.
Sorge nennt Lachen Oberflächlichkeit
und die Kaffeepause Zeitverschwendung.

Sorge ist ernsthaft.
Sorge nimmt sich wichtig
und macht den wichtig,
der sich sorgt.

Sorge kommt als Sensibilität getarnt daher,
ist geeicht auf das Haar in der Suppe,
das andere gar nicht sehen,
nennt sich „Vorsichtigkeit“, „Wachsamkeit“ und
bezeichnet sich selbst als „gesundes Misstrauen“.

Sorge ist das Schlüsselloch,
durch das wir schauen und versuchen,
uns,
unser Leben und Gott zu verstehen.

Sorge hat keine Zeit.
Sorge ist hektisch,
umtriebig und umtreibend,
kleidet sich mit Handys,
dicken Aktenkoffern und
hat das Geschäfts-Essen erfunden.

Sorge hat Angst vor Nähe,
hat Angst vor dem Du,
hat Angst, plötzlich Zeit haben zu können,
hat Angst, dass man ihr eines Tages
mit Gleichgültigkeit begegnen könnte.

Sorge wirbt mit schillernden Farben,
sich ihr anzuvertrauen,
sich ihr auszuliefern und
hinzugeben.

Sie verspricht, Probleme zu lösen,
die ohne sie nicht existierten.

Und Jesus?

Jesus sagt: „Du Narr!“

Spielplan

Während
Du eine Nachbesetzung
für das Stück,
das Dein Leben ist,
suchst,

hat Gott
es längst
vom Spielplan
genommen,

weil er für Dich
keinen Ersatz hat.

Standhaft

Gestern habe ich Dich verteidigt.
Da wollte doch unbedingt dieser Katholik Recht haben.
Als wenn der DICH kennen würde!

Aber ich bin standhaft geblieben!

Wie kann der sich anmaßen,
DICH verstanden zu haben,
wo DEINE Wege doch unbegreiflich sind?
Sogar aus derselben Bibel liest der was ganz anderes raus.

Aber ich bin standhaft geblieben!

Man kann doch nicht zulassen, dass DEIN heiliges Wort
Durch Leute beschädigt wird, die DICH noch nicht ganz
verstanden haben! Erschreckend, wie weit man von DIR
weg sein kann!

Aber ich bin standhaft geblieben!

Ich habe DICH verteidigt.
Ich denke, dass DU stolz auf mich sein kannst!
Ich habe nicht nachgegeben. Und es macht wahrlich
keinen Spaß, mit Leuten zu diskutieren,
die uneinsichtig sind und immer Recht haben wollen!

Denen fehlt DEINE Gnade und die Fähigkeit,
sich reflektieren zu können.

Es ermüdet,
mit Leuten zu reden,
die verbohrt sind und sich partout nichts
sagen lassen wollen!

Dabei ist doch alles so einfach!
Sei doch so nett, GOTT, und schenke ihm meinen
Horizont,
damit er sieht, wo er irrt.
Und hilf ihm von seinem hohen Ross der Arroganz und
Selbstgerechtigkeit.
So wie ihn stelle ich mir übrigens die Pharisäer vor.

Aber ich bin,
zum Glück,
standhaft geblieben.

Amen

Tauschgeschäft

Die Hoffnung,
dass das noch jemals was werden wird,
hier unten auf DEINER Erde,
diese Hoffnung habe ich schon lange aufgegeben.

Zu Gunsten des Glaubens

Verantwortung

Immer,
wenn bei uns einer Verantwortung für irgendetwas
übernimmt,
dann bedeutet es, dass er zurücktritt, Gott.

Wie gut,
dass Du,
als Du Verantwortung übernahmst,
hervorgetreten bist,

damals, in Bethlehem,
Gott.

Unerhört

Du hast nicht jedes meiner Gebete erhört,
obwohl ich DIR immer geglaubt habe.

Heute weiß ich, dass DU nicht jedes meiner Gebete
erhört hast,
weil DU mir nicht immer glauben konntest.

Wenn Bequemlichkeit, Unglaube, Eitelkeit und Heuchelei
meine Gebete durchwehen,
dann schaltest Du einfach ab.

Du hast nicht jedes meiner Gebete erhört,
obwohl ich Dir immer geglaubt habe.

Ich weiß, warum.

Verpasst

Anstatt
in
Gethsemane
bei
DIR
zu
sein,

warten
sie
lieber
schon
mal
am
leeren
Grab
auf
DICH.

Verstand

Als Du auffordertest,
auf dem Wasser zu gehen,
hast Du zeigen wollen,
dass
der
Gegenspieler
des
Glaubens
nicht
der
Unglaube,
sondern
der
Verstand
ist.

Vertrauen

Wenn
mein
Verstand
verstanden
hat,
dann
schweigt
er,
damit
ich
mit
Dir
reden
kann,
Gott.

Vor dem Einschlafen I

Lieber GOTT,
kannst Du das bitte mit dem
„Wer nun weiß Gutes zu tun und tut es nicht, dem ist es Sünde“
wieder aus der Bibel rausnehmen?

Die liest sich dann nämlich irgendwie gefälliger.

Gerade so kurz vor dem Einschlafen.

Danke vielmals für Dein Verständnis.

Schließlich willst Du ja auch,
dass es mir gut geht.

Amen

Vor dem Einschlafen II

Früher, als er vor dem Zubettgehen noch Nachrichten
schaute,
schlief er danach immer schlecht ein.

Jetzt liest er stattdessen in DEINER Bibel und
schläft gut ein,
während ich mich,

GOTT,

ein wenig verwundert frage,
was man in der Bibel lesen muss, um
weniger
aufgewühlt
zu
sein
als
bei
den
„Tagesthemen"...

Weniger geht nicht

Ich gebe zu,
dass ich
zu Beginn
nicht damit klar kam,
dass DU mich liebst.

Heute genieße ich es.
Ich liebe DICH auch

und
weiß,
dass es
ohne Liebe
nie
etwas
mit uns
geworden
wäre,

Gott.

Weniger geht nicht.

Wir haben uns die Sterne vom Himmel geholt

Wir haben uns die Sterne vom Himmel geholt.
Wir brauchen DICH nicht mehr.

Wir können unsere Sterne sogar anfassen.
Wir nageln sie an die Türen von Hotels und Restaurants
und nähen sie auf Wimpel und Flaggen.

Wir haben uns die Sterne vom Himmel geholt.
Wir brauchen DICH nicht mehr.
Wir haben jetzt selber welche.

Wir können unsere Sterne sogar anfassen.
Wir haben Film- und Fußballstars.
DU kannst ja mal gucken kommen:

Wir haben uns die Sterne vom Himmel geholt.
Wir brauchen DICH nicht mehr.
Wir haben jetzt selber welche.

Das haben wir jetzt davon.

Weg und Ziel

Dem Stern folgen.
Nicht wissen, was kommt.

Der Weg wird zum Ziel.
Mir schießt die Frage durch den Kopf,
Gott,
ob das für die Nachfolge auch gilt.

Und ob,
sozusagen,
schon die Nachfolge das Ziel der Nachfolge ist.

Es geht mir auf,
Gott,
dass jeder Versuch,
das anders zu deuten,
so ist,
als würde ich auf dem Weg zu Dir eine Abkürzung
einschlagen wollen.

So, als sei es möglich,
das Ziel zu erreichen,
ohne sich auf den Weg gemacht zu haben.

Dem Stern folgen
und
nicht wissen,
was kommt.

Weihnachtsfragen

War das wirklich nötig,
zu uns zu kommen?

Meinst du wirklich,
dass wir das ohne Dich
nicht hingekriegt hätten,
unser Zusammenleben?

Immerhin hast Du unsere Kreise gestört
und ordentlich Staub aufgewirbelt.
Deine Worte sorgten für massiven Aufruhr.
Der Barrabas war harmloser als Du.
Und der war auch nicht ohne.

War das wirklich nötig,
zu uns zu kommen?

Du gehst immer gleich auf Konfrontation.
und nimmst uns die Nischen
und die Ausreden.

War das wirklich nötig,
zu uns zu kommen?

Wenn ich ehrlich bin,
dann kenne ich die Antwort…

Weihnachtsgrüße

„Jetzt musst Du ran“, sagt der Verstand zum Gefühl.
„Weihnachtsgrüße zu schreiben, das liegt mir nicht so.

Ich kann Konzepte, Strategiepapiere und Stellungnahmen schreiben.
Von solchen Sachen verstehe ich was.

Aber das hier, wo es um Frieden,
Liebe und Sehnsucht nach Erfülltheit geht,
davon verstehe ich nichts!“

Und plötzlich ist der,
der dreihundertvierundsechzig Tage im Jahr die Lufthoheit hat,
ziemlich klein.

Wie die Welt wohl aussähe,
wenn sie einfach tauschten und der,
der jetzt als Lückenbüßer herhalten muss,
im Alltag das Sagen bekäme und
der Andere schweigen würde?

Kaum auszudenken.

Und es scheint,
als hätten wir
genau deshalb
Weihnachten nötig...

Advent

Weihnachtsmärkte,
Lichterglanz.
Geschubse in den viel zu engen Gängen.
Menschen und Autos
bilden endlose Schlangen.

Altennachmittage,
so mit selbstgebackenem Lebkuchen,
natürlich auch Tombola,
und diesen albernen Kerzenständer
hätte man nie gekauft, wäre es nicht
für einen „guten Zweck“ gewesen.

Gefeiert wird mehrmals wöchentlich,
und Erinnerungen werden aufgewärmt.

Kritische warnen:
der eigentliche Sinn ginge verloren,
mahnen zur Besonnenheit und sind bemüht,
uns den Blick für den legendären Nächsten
zu schärfen.

Alles in allem eine brodelnde Masse
Menschen,
und bevor die Verzweiflung mich völlig
verstummen lassen will, drängt sich mir
die Frage auf,
warum Weihnachten heute mehr
Chancen haben soll
als damals...

Alle Jahre wieder

Weihnachten weiten sich die Herzen.
Die dem Geldbeutel gefolgt sind,
der sich kurz zuvor schon geweitet hat.

Und dann denken wir plötzlich an Leute,
die uns das ganze Jahr nicht einfallen.

Einer davon, Gott, bist DU.

Alle Jahre wieder...

Weihnachten 2003

Als anno ’89 die Mauer fiel,
sagte der alte Mann,
dass nun zusammenwachse,
was zusammengehöre.

Gott, bereits damals
im Stall von Bethlehem
ist das zusammengewachsen,
was zusammengehört:

DU Gott, und wir Menschen
sind da zusammengewachsen
und wussten dabei fast nicht mehr,
dass wir zusammengehören.

Wenn Du nicht gekommen wärst,
wüsste ich heute noch nicht,
dass Du zu mir gehörst.

Und ich zu Dir.

Ich hätte mich eingerichtet.

Es war schließlich auch nicht alles schlecht damals,
als die Mauer noch stand.

Aber jetzt, Gott,
nehme ich wahr,
dass ich Verantwortung
wahrzunehmen habe.

So ist das, wenn man zusammengehört.

Ich muss erst lernen,
dass ich zu Dir gehöre
und mich darin üben,
von uns zu reden,
wenn ich von mir rede.

Ich bin jetzt wir,
Gott.

So ist das, wenn man zusammengehört.

Weihnachtsreflexe

Wir sind noch nicht tot.
Wir zeigen noch Reflexe:

- den Schenkreflex
- den Bastelreflex
- den Stollenbackreflex
- den Weihnachtsoratoriumsreflex
- den Adventsbazarreflex
- den Krippenspielreflex
- den Gänsebratenreflex
- den einen-auf-Familie-machen-Reflex
- den Herrnhutersternreflex
- den das-Haus-gründlich-sauber-machen-Reflex
- den Tannenbaumreflex

Wir sind noch nicht tot.
Wir zeigen noch Reflexe.

Bei den Reflexen bist Du es,
der tot ist,
Gott.

Weihnachtsvorbereitungen im Himmel

Bis zuletzt hatte er gehofft,
dass es auch so gehen würde.

Seine Taktik,
„Zuckerbrot und Peitsche“,
schien leider nicht aufzugehen.

So viel Halsstarrigkeit war
ihm bisher noch nicht untergekommen!

Da konnte man loben,
bestrafen oder riesige Geschenke machen. Aber
Glaubwürdigkeit war bisher nicht zu erkennen.

Er begriff, dass so viel Gleichgültigkeit nur durch
bedingungslose Liebe aufzuweichen sein würde.

Als ihm das klar wurde,
schicke er seinen Besten.

Und im Rausgehen rief er ihm noch nach:

„Und denk dran: Es geht nur mit Liebe!
Du kannst auf mich zählen.
Ich werde nur einmal nicht da sein.
Und das ist auf Golgatha.
Ansonsten viel Glück,
mein Sohn!“

Im Weihnachtsoratorium

„Bereitet dem Herrn den Weg, macht in der Steppe eine ebene Bahn unserem Gott.“ (Jes. 40,3)
Plötzlich will die Seele der Melodie nicht mehr folgen und hat sich festgebissen:

„Den Weg bereiten...“

Kommt Gott erst dann, wenn er den Weg erkennen kann, den wir für IHN angelegt haben, damit ER sich unterwegs nicht verläuft?

Kommt ER da, wo wir den Weg bauen?
Können wir sozusagen den Verlauf SEINES Weges beeinflussen?
Heißt „IHM den Weg bereiten“ zur Seite treten, damit ER vorbei kann?
Oder müssen wir vor IHM hergehen: „Platz da, hier kommen Gott und ich!“?
Sollen wir eine PR-Aktion für Dich starten?

Den Weg bereiten.

Willst DU, dass wir schon mal das Grobe für DICH erledigen,
die Anderen vorwarnen, dass DU gleich kommst?
Es wäre ja peinlich, wenn DICH keiner erkennen würde...

Den Weg bereiten

Hängt DEIN Bekanntheitsgrad von mir ab?

Und, während sich die Seele wieder in die Melodie
einzutakten versucht,
fange ich an zu ahnen, dass es wohl der Weg zu MIR ist,
den DU gern freigeräumt haben möchtest.

Durch mich.
Versteht sich.

Wie immer

Bis dahin war alles wie immer:

DU dort oben
und wir
hier unten.

Auch diese Nacht sah zunächst so aus wie
Jede Nacht:

DU dort oben
und wir
hier unten.

Eine Nacht, einfach hoffnungslos gewöhnlich.

Und so ist es wohl bis heute,
dass alles, was ohne DICH geschieht,
hoffnungslos gewöhnlich
und
gewöhnlich
hoffnungslos ist.

Wie immer...

Wie wäre es

Wie wäre es,
wenn Du so wärst,
wie ich mir Dich denke?

Egal, wie ich mir Dich vorstelle,
Eines ist klar: Du wärst keine Überraschung mehr.

Ich würde mich zurücklehnen,
jedes Jahr meinen Urlaub buchen,
und mich um Familie und Beruf kümmern.

Du könntest mich nicht aus der Ruhe bringen.
Ich wüsste, welche Liturgie Dir gefällt,
welche Lieder die „richtigen“ sind
und welche Garderobe Du gern an den Sänger*innen im Chor siehst.

Ich wüsste, was Du über Traubensaft und Wein denkst,
wie schlecht Du die Theologie der anderen Kirchen findest
und wie man „richtig“ als Christ lebt.

Aber, wie wäre es,
wenn ich so wäre,
wie Du Dir mich denkst?

Egal, wie Du Dich mir vorstellst,
Eines ist klar: Ich wäre für dich keine Überraschung mehr.

Du würdest dich zurücklehnen,
jedes Jahr schauen, wie ich für Dich Weihnachten feiere
und Dich auf Deiner Erlösungstat ausruhen.

Ich könnte Dich nicht mehr aus der Ruhe bringen,
wäre so etwas wie eine verlässliche und planbare Größe
für Dich.

Du müsstest Dich um mich gar nicht mehr kümmern
und Dir um mich keine Sorgen mehr machen,
hättest Zeit für diejenigen,
um die es sich lohnt, Sorgen zu machen.

Wie gut, dass Du nicht so bist,
wie ich mir Dich denke
und dass auch ich nicht so bin,
wie Du Dir mich denkst.

Dass wir noch immer für eine Überraschung gut sind.
Du und ich,
das hält unsere Liebe jung,

Jesus

Wortlos

Wenn Du so nah kommst,
dass dem Verstand der Atem stockt
und zwischen mir und Dir noch nicht mal mehr
der leistete Zweifel spazieren gehen kann,
dann steht vor Dir ein großes Kind,
das sich schämt,
weil es verlernt hat,
zu staunen,
reibt sich ungläubig glaubend
die gefalteten Hände
und will nichts weiter,
als laut schweigen
und genießen,
dass es für unsere Begegnung
keine Augen- und
keine Ohrenzeugen gibt.

Ich liebe Dich, Gott!

Wunschfrei

Was soll ich mir denn noch wünschen?
Ich habe doch schon Übergewicht
und im Schrank mehr als zehn ungelesene Bücher.

Zu Weihnachten quält mich immer die Frage,
was ich noch haben wollen könnte,
wenn ich es bräuchte!

Wem nütze ich,
wenn ich wunschlos bin
und mich Wünsche,
die perfide Form der Sorge,
nicht ablenken?

Aufgebracht sieht man die miteinander tuscheln,
die von Sorgen und Wünschen ihrer Mitmenschen
profitieren:
Die Politiker und Geldanbeter.

Wunschfreie Bürger machen ihnen Angst.
Kurzerhand erklären sie,
Wunschfreiheit sei eine ernstzunehmende Krankheit
und erhöhen, wie zum Trotz,
Preise und Steuern
und treiben zum Krieg.

„Sorgen für Alle“, das ist ihr Motto.

Und wenn ich mir doch etwas wünschen darf,
dann: dass diese Zeit bald vorbei sein möge.
Bis dahin will ich

DICH
ehren

und
einfach
wunschfrei
bleiben.

Wunschzettel von Jesus

Ihr habt Euch mittlerweile so oft
an meine Geburt erinnert,
an mich, den „holden Knaben in lockigem Haar“,
dass es sicher nicht vermessen ist,
wenn ich mir wünsche,
dass Ihr Euch an mein Leben erinnern möget,
an meine Botschaft sozusagen.

Dass das mit dem Deuterojesaja was für Fachleute ist,
ist mir klar.

Aber das mit der Bergpredigt,
das ist doch verständlich, oder?

Jedenfalls wünsche ich mir dieses Jahr von Euch,
dass Ihr mit meinem Leben etwas anfangt
und Euch anstecken lasst.

Denn es gibt in der Tat
keinen
Ersatz
für
Liebe.

Euer Jesus

Zeit und Ewigkeit

Früher,
als ich Kind war,
hatte ich Angst
vor der Vorstellung,
dass
mein Leben
einmal zu Ende
sein würde.

Heute habe ich Angst,
wenn es
nicht
so wäre

Zweifel los!

Erst
sind
es
die

Zweifel,

die
Löcher
ins
glatte
Weltbild
schießen,

und
dann
sind
es
die

Löcher,

die
Halt
geben.